지금 시작하기엔

너무 늦어버린 걸까?

지금 시작하기엔
너무 늦어버린 걸까?

저   자 이민영

저작권자 이민영

1판 1쇄 발행 2020년 12월 25일

발 행 처 하움출판사
발 행 인 문현광
교   정 윤혜원
편   집 조다영
주   소 전라북도 군산시 축동안3길 20, 2층(수송동)
I S B N 979-11-6440-724-8

홈페이지 http://haum.kr/
이 메 일 haum1000@naver.com

좋은 책을 만들겠습니다.
하움출판사는 독자 여러분의 의견에 항상 귀 기울이고 있습니다.

이 도서의 국립중앙도서관 출판예정도서목록(CIP)은 서지정보유통지원시스템 홈페이지(http://seoji.nl.go.kr)와
국가자료종합목록 구축시스템(http://kolis-net.nl.go.kr)에서 이용하실 수 있습니다.(CIP제어번호 : CIP2020051459)

지금 시작하기엔
너무 늦어버린 걸까?

머리말

인생을 살다 보면 어떤 문제가 놓여 있을 때 지금 시작하기엔 너무 늦었나 싶을 때가 있어 간혹 그 일을 시작하지 않게 된다. 사실 나 자신이 불안하고 못 미더워서 그 일을 진행하지 못한 게 아닌가 싶다.

'업무적인 일' 외에 '가족과의 소통' 부분에서 대부분의 남자는 아버지와의 관계가 아무 일도 없는데 서먹하다. 필자도 마찬가지로 아버지와의 관계가 서먹하다. 아버지께 먼저 전화가 오면 '무슨 일이시지?' 생각하고 서로 용건만 물어보고 그 후 전화를 끊는다.
이처럼 아버지와 서먹한 감정을 풀어보려는데 너무 늦었나 싶기도 하지만, 평생 이 세상에 같이 있을 수 있는 관계가 아니기 때문에 더욱 늦기 전에 서먹한 감정을 풀고 싶다.

또한, '연애 관련 문제'도 지금 시작하고 싶긴 한데 늦었다는 생각과 지금이라도 그 사람을 잡고 싶은데 너무 늦었다는 생각이 종종 든다. 필자도 마찬가지로 대한민국의 한 20대 청년으로서 남들과 생각하는 게 같고 고민 또한 비슷하다. 그 고민의 대부분 해결방안은 너무도 쉽다. 그건 바로 늦었다고 생각이 들 때면 지금 당장 할 수 있는 모든 걸 하는 것이다.

그리하여 이러한 필자의 생각을 자전적 에세이로 써 내려 갔다. 나에게 하고 싶은 말, 그건 타인에게도 해주고픈 이야기가 된다고 생각했기 때문이다. 이 글을 읽어주신 모든 분이 조금이나마 좋은 방향으로 가기를 바란다.

또한, 이 책은 대단한 사람의 이야기가 아니다. 그냥 "대한민국의 한 20대 청년인 이 사람은 이런 생각을 하며 살고 있구나."라며 읽어 줬으면 좋겠다.

그럼 시작하겠다.

당신에게 들려주는 이야기

첫 번째 이야기
——— 위로

두 번째 이야기
———— 연모

첫 번째 이야기

───── 위로

오늘도 고마워.

위   로
慰   勞
위로할 위   일할 로

: 따뜻한 말이나 행동으로 괴로움을 덜어주거나 슬픔을 달래줌.

새벽 6시 20분

누군가는 출근을 위해 일어나고,
누군가는 퇴근을 위해 청소를 한다.
누군가는 하루를 위해 구보를 뛰고,
누군가는 오늘을 위해 인력소를 간다.

차갑지만 포근하고
시작이지만 끝이 될 수 있으며,
마음이 싱숭생숭해져
행복한 생각이 많아지는 그런 시간.

르상티망

내가 좋아하는 말 겸 싫어하는 행동

르상티망이란, 약자가 강자에 대한
반감이나 열등감 같은 심리를 말한다.

도전도 해보다가 안 될 것 같으면 포기하고,
노력도 안 하다가 정말 조금 하고 포기하고,
유전자가 다르다느니 사람이 다르다느니
이런 생각을 가지고
다른 사람의 잘되는 일을 폄하한다.

그 사람은 남들 모르게 보이지 않게
말도 못 할 정도로
힘들게 노력해서 올라간 건데.
타인은 나를 쉽게 생각하고 쉽게 말을 한다.

자랑

사람은 타인에게 인정을 받고 싶어서
자랑을 타인에게 한다.
근데 가끔 보면 과하다고 생각이 들 정도로
심한 사람이 있는데,

자기 본인 자랑이 '**심한 사람**'은 주로
어렸을 때 사랑을 못 받아서
현재 과한 인정을 받고 싶어 그런 경향이 있다.
짜증이 나더라도 안타까워하며 이해하긴 개뿔ㅋ

일

사람은 하고 싶은 일만 하고 살 순 없다.
그래서 사람은 하기 싫은 일을 해야 한다.
하기 싫은 일을 하는 만큼
하고 싶은 일을 해야지.

그게 사람 사는 거니까.

이상한 사람

실실 웃으며 너의 모든 말을 받아주고
웃어넘기니 나를 하찮게 생각해서
자꾸 선을 넘고 무례하게 행동한다.

나는 그게 쌓이고 쌓여서
화를 냈다.
결국, 나는 예민한 사람이 되었고
이상한 사람이 되었다.

어른이

누군가 위로하듯 먼저 힘들지 않냐고 물어보는 건
사실 물어본 사람 자신이 힘들어서 그런 거예요.
본인도 힘들지만 참고, 남을 먼저 생각하는 그런 예쁜 마음.

우리도 힘들 때 누군가의 다독임이 필요하고 위로를 원해요.
그렇지만, 힘든 걸 말하고 싶어도 이제는 힘들다는 말이
잘 안 나오더라고요.
이런 게 어른인가 봐요.

힘들다

오늘은 조금 힘든 하루였어.
이리저리 치이고 눈치 보고
많이 지친다.
내일도 힘들겠지?
근데 말이야 괜찮을 거야.
내가 아는 너는
힘들어도, 지쳐 쓰러져도 언제 그랬냐는 듯
다시 꿋꿋하게 일어서더라.
정말 당차고 멋있더라.
오늘 하루도 고생 많았어.

— 언제나 사랑하는 내가 —

혼자 눈물

뭔가 나만 세상에서 동떨어져 있는 것 같은 기분
밖을 보면 다들 웃으며 행복해하는데
나 홀로 우두커니 눈물 흘리는 기분
내가 죽으면 아무도 울지 않을 것 같은 기분
아니, 내가 죽어도 죽었는지도 모를 것 같은 기분
나는 분명 있는데 내가 없는 기분
미안해 몰라줘서…. 내가 거기로 갈게.
안아줄게, 맘껏 울어.

그리고 다시 웃자.
아무 일 없던 것처럼.

나는 나의 인생을 살기 위해 태어났다

나는 나의 인생을 살기 위해 태어났다.
다른 사람의 선택은 몰라도
나의 선택은 믿어도 된다.
나는 꿈을 이룰 수 있는 능력과
포기할 수 있는 용기를 가진 사람이다.

나의 간절함은 끝내 이뤄질 것이다.
어떻게 될지도 모르는 내일을 후회하고 싶지 않잖아.

＃ 끝

나의 삶의 끝은
아무리 힘들어도
스스로 끝을 내지 않길.

꽃

어릴 때
길가에 피어있던 꽃을 꺾어
어머니에게 드리곤 했다.

꽃을 드리면
웃고 있는
어머니를 볼 수 있어서.

잠시 잊었다.
어머니도 여자라는 걸⋯.

착한 사람, 좋은 사람

착한 사람, 좋은 사람은
누군가에게 나쁜 사람이 되더라.

사람마다 각자 힘든 건 다 다른 거예요

부유한 사람의 고민
그렇지 못한 사람의 고민
여성의 고민
남성의 고민 등
사람마다 각자 힘든 건 다 다른 거예요.

배부른 투정이 아닌 내가 견뎌낼 수 있는 정도
주변 환경에 따라서 고민이 다르듯
남에게 별거 아닌 것처럼 보이는 것도
나에겐 굉장히 힘든 일인 것일 수도 있어요.

그래서 누군가는 내 고민과 내 아픔을
다른 사람의 것과 비교하며 애써 괜찮다며,
배부른 고민이라며 꾹꾹 감정을 눌러 담지 않았으면 해요.

　당신의 인생은 찬란하다

당신의 인생은 찬란하다.
당장 빛나지 못하는 건
아직은 어두운 배경이기 때문이다.
시간이 지난다면 점점 밝게 빛날 것이다.

너무 빛이 나서 선글라스를 써야 할 만큼.

나는 아직도 어렸다

어렸을 땐 빨리 어른이 되고 싶었다.
술도 자유롭게 마실 수 있고
밤늦게 돌아다녀도 괜찮고
통제받는 억압 속에 자유를 원했다.

시간이 지나 성인이 되어보니

술을 마시면 걱정하는 부모님이 계셨고
밤늦게 들어오면 내가 올 때까지
기다리던 부모님이 계셨고
대학을 가고 군대를 갔다 오니
어느새 부모님은 노쇠하셨다.

난 아직도 어렸다.

나는 무섭다.
점점 더 부모님을 볼 시간이 줄어드는 걸 느꼈다.
누군가 그랬던가.

부모님이 막내를 가장 아끼는 건
세상에 태어나 보는 시간이 가족 중에 가장 적기 때문이라고.
그러니 이제는 시간이 멈췄으면 좋겠다.

그 말….

난 아버지에게 말하고 싶었다.
안 힘들었냐고….

"뭐 어떤 거?"라고 하시면
"그냥… 처음부터 지금까지…."

분명 힘드셨을 거 안다.
그렇지만 물어보기가 힘들다.
입을 떼시자마자 눈물이 흐를 것 같아서.

하지만
늦기 전에 물어보려고 한다.
아직 어떤 대답을 하실진 모르지만
훗날 내 아이가 생겨
내 아이가 나에게 같은 질문을 한다면
아버지가 하셨던 말씀 그대로 해주고 싶다.

혹시 그거 알아요?

혹시 그걸 알아요?
사람은 인체 구조상 입꼬리를 최대한 올린 채
눈을 아래로 내리깔지 못한대요.

알아요, 되는 거.
이렇게라도 웃는 모습 보고 싶었어요.
"예쁘네요."

신

신은 사람에게
'**시련**'이라는 것과 싸움을 시켜요.
사람은 그 투기장에 올라가는 순간
마치 신의 장난감이 되어버리죠.

그 싸움에서 이기면
'**시련**'은 '**경험**'이라는 것으로 바뀌고
경험은 사람과 하나가 되어
'**성장**'으로 바뀌어요.

그러나,

그 싸움에서 지면
'**시련**'은 사람 위에 올라타
더욱 사람을 괴롭게 할 거예요.

성장한 사람도, 그렇지 못한 사람도
그 싸움이 끝났다고 생각하면 안 돼요.
시련은 하나가 아니라 셀 수 없이 많아
언제, 어디서, 얼마나 올지 모르거든요.

그러니 신에게 부탁할게요.
당신의 장난감이 될 테니
그 끝은 해피 엔딩으로 부탁드린다구요.

제가 죽는다면 알아주세요

항상 제 주위에서 응원해주는 '우리 가족' 고마워요.
저를 친구로, 형으로, 오빠로, 동생으로 생각해줘서 감사해요.
연락이 뜸해 사이가 멀어진 느낌을 받게 해서 미안해요.
지금까지 스친 인연들 저와 잠시나마
 함께 있어 줘서 사랑했어요.
항상 기쁜 일, 슬픈 일, 화나는 일에도 표현 안 하고 몰래 울던
'나'에게
가장 미안해요.
그래도 이런 저를 사랑해줘서 고마워요.
그러니 이제는 잊어 주세요,
그리고 눈물 한 방울씩만 가져갈게요.

보석이라 생각하고 잘 간직할게요.

힘내라는 말보다

힘들어하는 사람에게 힘내라는 말보다
"괜찮아 넌 잘하고 있어."
라며 등을 토닥여 주세요.
그리고 한마디 더 하세요.

그동안 몰라줘서 미안하다고.

그 이름 석 자

우리 아버지는 무척 표현이 없으시다.
시험에 100점을 맞고 온 날엔
슥 한번 보시더니 다시 TV를 보시고
아버지가 힘들게 농사를 짓고 오신 날엔
힘들다는 말씀도 없이 그냥 방에 들어가셨다.
하물며 해병대에 입대하는 그 순간까지 아무 표현도 없으셨다.

하지만 아버지의 표현을 처음 본 날이 있었다.
수료식이었다.
수료식에 아버지의 처음 보는 지팡이와
처음 보는 아버지의 눈물을 보니 나까지 눈물이 나왔다.

하지만, 나까지 울면 부모님이 더 슬퍼하시기에
애써 눈물을 훔치며 괜찮은 척 웃고
아버지의 손을 십몇 년 만에 처음 잡았다.

그날은 잊을 수 없더라.
내가 기억하는 아버지의 첫 표현은 '눈물'이었고,
아버지의 손은 어릴 적 잡던 손과 많이 달라져 있었기에….

부끄럼

이렇게 어머니의 글보다 아버지의 글이 많은 이유
아버지에게 살갑게 말하고 싶지만
사내로 태어나 이런 말을 아버지에게 하는 게 부끄럽기 때문에.

진짜 부끄러운 건,
끝까지 말을 못 하는 건데…….

　단 하루뿐인 '오늘'

오늘을 망쳤다고 우울해하지 말아요.
오늘은 다시는 오지 않을 단! 하루잖아요.
지나간 것에는 그런 의미가 있어요.
그러니 긍정적으로 생각해 보아요.

"오늘은 교훈을 주는 하루였구나."라고 말이죠.

그늘

무더운 여름 푸른 들판에 앉아
누구라도 나무에 기대어 쉬는

해가 노을이 지면 모두 떠나가도
오로지 한곳에 우두커니 서서
내일도 올 너를 기다리는

누군가 나를 베어
상처 입게 해도
남아있는 밑동처럼 미련이 남는

나는 그런 그늘이었다.

인생의 의미, 그리고 가치

혹시 인생이 무의미하다고 느껴지시나요?

하루 종일 일을 구하는 것
하루하루 피곤한 삶에서 일만 하는 것
매일매일 친구들과 술을 마시며 노는 것…….

이런 시간은 헛되지 않았어요.
인생은 꼭
무언갈 이뤄야만
값진 게 아니거든요.

그렇게 보낸 시간도, 그리고 인생도
그 자체로도 충분한
의미가 있는걸요.

우리의 일기

어릴 적엔 '오늘은 뭐 하며 놀지'라는 생각뿐이었는데
지금은 '너무 힘들다…….'는 생각뿐이다.
돈, 인간관계, 연애 너무 힘들다.

밖에선 체력적으로 외적으로 힘들었지만
집에 오니 잡다한 생각에 내적으로 힘들다.
잠시 잊어 보려 SNS를 켰더니
다들 나만 빼고 잘살고 행복해 보인다.
괜히 켰다.

너무 힘들어 편의점에서 술을 사고
방에서 한 잔… 두 잔… 마시다 보니
어느새 술은 바닥이 났고
바닥에 눈물과 한숨만 가득하더라.

잠시 후 초인종이 울려 밖을 나가보니 택배가 왔다.
얼마 전 시킨 옷이었다.
기분 전환 겸 주말에 새로 산 옷을 입고
SNS에 사진을 올려야겠다는 생각과 함께
흘렸던 눈물을 닦으며 오늘 하루를 마무리한다.

행복한 척

모두가 행복한 척 살아가지만
그 속에 숨은 여러 가지 감정이 있다.
웃고 있다 해서 행복한 게 아닌 다른 감정.

힘든 티를 내면 위로가 아닌
동정과 비판이 돌아오기에….

누구보다 더 잘사는 척, 누구보다 더 행복한 척.
다들 그렇게 아프지만, 행복한 척 살아간다.

서로가 서로를

너를 밝게 만들어 주는 사람을 만나

힘든 하루 속 잠깐이라도
너를 생각해주는

잠깐의 시간 덕분에
오늘 하루가 결정될 수 있잖아.

그 상대도 밝게 웃는 너를 보며
기분 좋아질 수 있게.

어른

사람은 언제나
겉으로 피해자인 척 억울해하며 남 탓을 한다.
진위를 파헤쳐 보면 결국 본인도 잘한 거 없는 가해자이다.
옆에서 뱀의 혀를 굴려도 그걸 무시할 것인지,
그 말을 따를 것인지도
전부 본인의 '선택'이다.

그 무엇이 되었든 간에 본인을 현재의 모습으로 인도한 건
그 누구도 아닌 본인의 선택으로 만들어진 결과물이다.

당신은 성인이다. 그리고 성인은 '어른'이다.
성인은 본인의 선택에 책임을 져야 하며
그 선택이 잘못되었을 때
스스로 책임을 질 수 있어야 한다.

'어른'이 된다는 건 어릴 적 우리가 생각했던 만큼 쉽지 않다.

정답

인생은 오직 본인이 생각하고 행동하는 게 정답이다.
내가 좋은 길로 빠져 성공하는 삶?
내가 적당한 길에 놓여 적당함을 유지하는 삶?
내가 나쁜 길로 빠져 실패하는 삶?
모두 틀린 말은 아니지만 그렇다고 맞는 말도 아니다.
왜냐?

인생은 객관식이 아닌 주관식이니까.

시험의 주관식은 출제자가 답이 있는 걸 물어보는 것이라
오답이 생길 수밖에 없지만,
인생이라는 시험엔 출제자가 없으니 오답 또한 없다.

성장

하루는 힘들고
한 주는 지친다.
한 달은 바뀌고
한 해는 성장한다.

무엇이든 똑같다.

습관이든, 운동이든, 연애든
하물며 마음가짐이든.

적당함

타이밍은 누구에게나 있다.
그 타이밍을 기회로 만드는 건 '나'이다.
타이밍은 주로 준비된 적당한 시기에 오는데
그 준비가 많을 땐 높은 결과치가 있는 타이밍이 오고
그 준비가 적을 땐 낮은 결과치가 따라온다.

나는 성격이 급하여 준비된 타이밍에
빠른 시작을 하여 이제껏 어긋났다.
이제야 비로소 느꼈다.

어떤 결과이건 그 결과는 나의 노력의 최대인 결과이고,
그 과정 중에 적당한 시작을 하여 알맞은 결과물을 만들기로.

세상은 그렇다.
너무 빠르지도 않고 느리지도 않은 적당한 템포.
오늘이 지나고 나서야 나는 다시금 깨닫는다.

속내

엄청 어렵고 부끄럽지만 나에게 소중하고 또 소중해서
어렵게 어렵게 꺼내었는데 그게 보잘것없어 보일 때,
참, 말 못 할 아픔이 남겨진다.

난 내 전부가 이것뿐인데
내가 공들인 무언가가 참으로 비참해진다.

마치, 내가 형편없어 보이는 것처럼.

할 수 있어

조금 더 솔직해져 보는 건 어떨까?
너 원래 이런 애 아니잖아.
사실 엄청 하고 싶잖아.
하고 싶은 건 하고 살아야지.
말하고 싶은 건 말하고 살아야지.
참는다고 해서 잊는 거 아니고 없어지는 거 아니잖아.

너의 찬란한 순간이 될 거야.
넌 할 수 있어.

선택

냉정해지고 냉철해져라.
보이지 않던 것들이 보인다.
즉, 좀 더 시야가 넓어진다.
순간의 감정에 휩쓸리지 마라.
그 찰나의 선택을 짊어지는 건 '**나**'이다.

혹시 당신의 장래 희망은 있는가?

혹시 당신은 장래 희망이 있는가?
너무 늦었다고 생각하여 포기하진 않았는가?
당신은 잘 생각해 봐라.

당신의 나이는 이제 막 20~30대일 것이다.
물론 적을 수도 있고 많을 수도 있다.
요즘은 100세 시대.
나이 50에 무언갈 시작해도 절대로 늦지 않은 나이다.

근데 스물을 방금 지난 사람들이 벌써 늦었다고 하는 건
하고 싶다는 간절한 마음이 없는 핑계이다.

지금은 돌아가셨지만 故 이건희 삼성 전 회장님도
5년마다 바뀌는 대통령님들도
스무 살 시절 우리와 같았다.

뭘 해야 할지 모르는 나이
그 사람들도 우리와 같은 사람이다.
그 사람들이 할 수 있는 건 우리도 할 수 있다.
다만 아직 방법을 못 찾았을 뿐,
이것저것 하다 보면 될 것이다. 늦지 않았다.

우린 꽃이다

어린 나이에 사업에 성공한 친구는 '벚꽃'
대기업에 입사한 친구는 '튤립'
공무원 시험을 준비하는 친구는 '장미꽃'
사법 고시를 준비하는 친구는 '코스모스'

사람마다 개화 시기가 다르지만 모두 꽃을 피운다.
우린 한겨울에 보기 드문 아주 대단한 꽃,
'동백꽃'이다.

이번 달, 할 일

1. 행복해지기

2.

3.

위잉 위잉

그럴 때 있잖아.
전 애인이 문득 생각이 났는데
그딴 쓰레기들을 어쩌다?
왜? 만났는지 몰랐거든?
이젠 알게 되었어.

원래 예쁜 꽃들에는 벌레가 많이 꼬이는 법이더라.

두 번째 이야기

———— 연모

다시는 볼 수 없는 그대

연　　　　모

戀　　　　慕

사모할 연　　사모할 모

: 어떤 사람이나 존재를 사랑하여 간절히 그리워함.

추억

우연히 그 노래가 들릴 때
문득 그 계절이 올 때
그 음식을 보았을 때

그날의 분위기가 생각이 난다.

딱지

습관이나 장소, 물건을 보면
떠오르는 사람이 있다.

잊은 줄 알았는데
아니… 무뎌졌는데

다시 아파 온다.
마음의 한쪽 모퉁이가.

구제 불능

꽃보다 그대가
저기, 저 빛나는 별보다

그대가 더 빛나고
너무나도 아름다워서

나는 그대를 온전히
바라보지 못하는걸요.

마법

당신에겐 그저 작은 호의의 표시였을 테지만,
누군가에게 세상이 달라지는 마법이었을 거예요.

첫사랑은 이루어지나요?

저의 학창시절 정말 첫눈에 반한 아이가 있었어요.
그 아이는 제 짝꿍이었는데
쉬는 시간이면 그 아이 주변으로
아이들이 몰리며 인기도 많고
항상 남을 배려하는 모습이 멋지고
얼굴도 정말 예쁜 아이였어요.
그 아이가 하는 행동 중에 코딱지 파는 모습도
동굴에서 고고학자가 유물을 캐는 모습과도 같았어요.

흔히 말하던 첫사랑이었어요.

결국 그 아이와는 이루어지지 않았지만
가끔 생각이 나요.

과거로 간다면
그 아이를 충분히 꼬시고도 남는다는 생각을 했죠.
그런데 얼마 전 꿈에 그 아이가 나왔는데
활짝 웃는 얼굴을 보니 마음을 숨기게 되더라구요.

저는 그 아이 앞에 서면 오늘도 한없이 작아집니다.

첫사랑

이 겨울에
아직도 너를
좋아해서
참 아프다.

썸과 연애

너와 손을 맞잡을 만큼 뭐든 조금 더 가까워지고 싶고,
너와 손은 맞잡은 만큼 뭐든 조금도 아까워하지 않아.

봄 로망

너랑 햇빛 화창한 날 낮에 만나
며칠 전부터 알아봐 둔 벚꽃길로 소풍을 가는 거야.
벚꽃잎들이 흩날리는 광경을 보며
내가 새벽부터 만든 도시락을
같이 사이좋게 나눠 먹어.
배가 부르면 너의 무릎을 베고 잠을 자며
선선한 봄바람을 맞는 거야.

생각만 해도 너무 좋다.

진동

좋아하는 것은 마음의 흔들림이지만,
사랑하는 것은 영혼의 떨림이에요.

여름 로망

몇 주 전부터 기다리던 우리의 여름 휴가야.
일에 찌든 우리가 드디어 만나는 날이기도 하지.
근처로 가는 것도 좋지만
이왕 가는 여행이니까 멀리 떠나는 건 어떨까 해서 정한 바다!!!

아침 일찍 가야 하다 보니 밥을 못 먹은 우리는
새벽에 급하게 싼 유부초밥을 나눠 먹으며 바다로 떠나.

예약한 요트를 같이 타고
예쁜 너를 사진 찍어주다 보니 느낀 건데, 어떻게 해도
사진에 너의 아름다움이 안 담기더라.

저녁엔 해가 뉘엿뉘엿 지는 노을을 바라보면서 모래사장을 걸어가.
그러다 멈춰서 모래사장에 우리 둘의 이름 사이에 하트를 쓰고 행복해하는
우리의 미소를 상상하니

생각만 해도 너무 좋다.

\# 한 사람

여자들이 좋아하는 행동
여자들이 좋아하는 옷
여자들이 좋아하는 말
다 알 필요 없어요.

그냥 '**나**'라는 사람을 좋아해 줄
단 한 사람이면 저는 행복해요.

가을 로망

이야, 제법 쌀쌀해졌어.
혹시라도 갑작스러운 일교차에 감기 걸릴까 봐 걱정되어
겉옷을 벗어 너에게 걸쳐주니 너는 귀여운 얼굴로
사랑스러운 표정을 짓는 거야.
내 눈엔 그게 너무 귀여운 거야.
어쩜 이렇게 사랑스러운지 모르겠어.
분명 가을이 왔는데 따뜻하더라.

생각만 해도 너무 좋지 않아?

겨울 로망

너와 함께 늦은 저녁에 만나서
동네 작은 포장마차에 가는 거야.
따뜻한 어묵탕과 계란말이
그리고 소주까지 사이좋게 나눠 마셔.
너의 볼이 빨간 걸 보고
내 손을 비벼서 너의 볼에 가져다 댄 후
"춥지?" 하고 물어보는 나의 물음에 너는 씨익 웃으며
내 손을 잡고 팔짱을 끼곤 "이렇게 하면 안 추워!!"라고 했다.
어쩜 너는 그렇게 귀여울까?
같이 포장마차를 나와, 마주 잡은 손을 도착할 때까지 놓고
싶지 않다.
집까지 데려다주는 길은 춥지만, 마음은 춥지 않아.

아, 너무 좋은 사계절이다.

녹는점

일어났더니 생각나고
밥을 먹다가 생각나고
거울을 보니 생각나고
자기 전 문득 생각이 난다.

아,
오늘 하루는 네가 녹아 있었구나.

상수

상수는 변하지 않고, 항상 같은 값을 가지는 수를 말한다.
나는 너를 처음 보았을 때부터
시간이 지난 지금까지도 줄곧
같은 마음이다.
예쁘다는 것과 귀엽다는 것.
이미 넌 내 상상 속에 있는 신과 같다.
보고 싶다.
나는 너라는 값의 한정적인 상수다.

장난

말하는 게 장난스러운 사람은요,
마음까지 장난스럽지 않아요.

＃ 온다

꽃은 주인에게 찾아간다고 한다.
그래서,
너는 나에게 왔다.

남자는 말이죠

남자는 말이죠
여자에게 이것저것 사주고
선물을 해주고 싶어 해요.
왜 그런지 알아요?

예쁜 사람에게는 자꾸
예쁜 것만 건네고 싶거든요.

고양이와 생선의 관계

고양이는 생선을 좋아해요.
고양이는 생선을 사랑하지 않아요.

고양이가 생선을 좋아하기에
생선을 먹어요.
고양이가 생선을 사랑한다면
생선을 먹지 않을 거예요.

좋아하는 것과 사랑하는 것의 차이는
바로 이런 거예요.

진심

오늘 예쁘냐고 묻지 말아요.
세상의 어떠한 말로도 담기 힘드니까.
잘 봐요.

길가에 피어있는 꽃조차 향기를 내뿜으며 아름다운데,
하물며 넌… 어떻겠니….

\#   너로 시작해서 너로 끝나는 하루

힘들 때는 네 생각으로 버티고,
좋을 때는 너와 함께 나누고 싶어.

지금은 네 생각이 나고.

추억은 우리가 함께

재미있는 영화를 볼까.
음식이 맛있는 예쁜 식당을 갈까.
멋진 장관이 펼쳐진 곳으로 여행을 갈까.

추억을 쌓으려 애써 노력하지 않아도 돼요.
소중한 사람과 함께라면
그 무엇을 하더라도 예쁜 추억이 되거든요.

오늘 날씨도 좋은데 산책 어때요?

나는 너에게, 너는 나에게

'봄날에 흩날리는 벚꽃잎' 같은 사람이 되자.
'친한 친구들과 마시던 술' 같은 사람이 되자.
'원하던 걸 마침내 이뤘을 때의 기쁨' 같은 사람이 되자.
'학창시절 친구들과 같이 갔던 수학여행' 같은 사람이 되자.

그러다 보면 1년 후, 5년 후, 10년 후에도

나는 너에게 너는 나에게
잊지 못할 '우리'가 기억에 남게 될 거야.

다시 피어나는 계절

꽃처럼 한 철만 저를 사랑해 주세요.
다음에 같은 철에도 다시 사랑해 주세요.

나머지 계절은 제가 채울 테니….

사랑

너는 비어있는 밤하늘의 완성이야.

눈부시게 반짝거리는 것

일출을 담아내는 바다
밤하늘에 수없이 놓인 별
너를 바라보는 나의 눈동자

너를 아껴본다, 다 보면 끝날 것 같기에.

시작

사람들이 사랑을 시작할 때 가장 중요한 게 뭔지 알아?
그건 바로 서로에게 솔직해지는 거야.
거짓된 모습으로 사랑이라는 게 시작될 리 없거든.
있는 그대로의 모습을 상대방에게 꾸밈없이 보여주는 것

그게 바로 진짜 사랑의 시작이야.

파도

모래사장에 글을 쓰면 파도에 지워진다고요?
아닐 거예요.

파도가 가져가서 바다에 영원히 간직하는 거예요.

진짜 사랑

항상 우리의 만남이 오늘과 같은 설렘이 가득하길.
혹여나 설렘이 없어지더라도
그건 사랑의 끝이 아닌
'진짜 사랑'의 시작이니
서로를 잃지 않기를.

구경

너랑 손을 맞잡고
꽃 구경을 가던 때였어.

너는 피어있던
꽃 옆에 서며
누가 꽃이냐며
장난스레 물었지.

사실 난 선뜻 대답하지 못했어.
나는 애초에 꽃 따윈 보이지 않았어.
나의 모든 신경은 '너'에게로 쏠렸거든.

고민 상담

"나는 연애할 때 맞춰주는 편이야."
라는 말을 들은 적도 있을 것이고 한 적도 있을 겁니다.
'연애 시 맞춰준다는 건 그 사람의 생각을 완전히 이해하고
그 사람의 입장을 본인의 일처럼 느끼고
헤아리는 것'이라고 생각합니다. 정말 쉽지 않은 것이죠.

그러나 주로 맞춰준다고 하는 사람들은 대부분
상대방에게 맞춰주는 게 아닌
본인의 생각과 행동, 의지를 애써 접고
상대방에게 '수긍'을 하는 편이 다반사입니다.

이러한 관계는 표면적으로 좋아 보일 수 있으나,
내적으로는 나 자신을 잃어가며 암세포처럼
서서히 관계를 갉아 먹게 되죠.
분명 연애를 하지만 뭔가 외로운 기분….

이 문제의 해결책은 너무나도 간단합니다.
서로의 타협점을 찾으면 됩니다.
혹시 타협점이 싫다며
나는 그런 거 원래부터 못했다며 말하는 상대방은
용기 내어 손을 번쩍 드세요!!!

그대로 본인 뺨을 후려치세요.

위로를 잘 못 하고 칭찬을 잘 못 하는 나는

네가 힘들어 고개를 떨굴 때
무슨 말을 해야 할지 몰라
아무 말 없이 앉아 있던 나는
어떠한 말로도 위로가 되지 않기에
말없이 등을 토닥이며 같이 눈물을 흘려.

네가 모범이 되어 자랑스레 고개를 들 때,
나는 무슨 말을 해야 할지 모르겠어.
세상 어떠한 말로도 표현될 수 없는 너이기에.
너 없는 자리에 나는 너의 미담을
자랑스레 말하며 축하해 주지.

앞에서 표현이 서툰 나는
네가 좋아.

몰랐네요

고맙다는 말이 이렇게 미소 짓게 할 줄 몰랐네요.
예쁘다는 말이 이렇게 가슴 설레게 할 줄 몰랐네요.
좋아한다는 말이 이렇게 심장을 간지럽힐 줄 몰랐네요.
사랑한다는 말이 이렇게 커다란 행복이 될 줄 몰랐네요.
미안하다는 말이 이렇게 마음 아프게 할 줄 몰랐네요.

너로 인해 **"보고 싶다."**라는 말을 이렇게 알게 되네요.

완벽한 새벽

이렇게 완벽한 새벽인데
너는 내 생각이 날까?

별

밤하늘에 떠 있는 '**저 별**'을 보고
정말 예쁘다고 생각했어.

다음날
떨어지는 '**저 별**'에게
좋아하는 아이와
나와 마음이 같게 해달라고 빌었지.

다음 날
어제의 '**그 별**'에게
고맙다고 말했어.

시간이 지나
그 별에게 잠시 소홀해지고,
얼마 지나지 않아
다른 별이 눈에 보이더니
다른 별은 결국 '**이별**'이었더라.

Bu Dam

로맨틱한 사람은 상대에게 달달하게 행동합니다.
상대가 한 입 두 입, 맛을 볼 땐 달달해서 좋아했는데
계속해서 단 걸 주다 보니 상대는 쓰게 느껴졌나 봅니다.
그걸 **'부담'**이라고 하더군요.

＃ 감정

하늘이 어두운 오늘이 마치
오늘의, 너와 나의 감정을 느끼게 해.

사계절

한국에 사계절이 있는 이유는
지구가 기울어져 공전과 자전을 하기 때문이다.

내 마음도 어떨 때는
꽃이 피어나기도 하고
날씨가 맑기도 하고
바람이 쌩쌩 불기도 하고
눈이 와서 그리움만 남기도 한다.

나에게 사계절이 있는 이유는
내가 너에게로 기울어져
네 주위만 맴돌기 때문인가 보다.

헤어진 사람과 다시 만난다는 건

헤어진 사람과 다시 만난다는 거는요,
이미 봤던 영화를 다시 보는 거래요.

저는 이렇게 생각해요.

몇 번을 다시 봐도 재미있는 영화가 있는 것처럼
저도 영화를 몇 번을 다시 봐도 여전히 재미있더라구요.
이미 봤던 장면이어도 이해 못 했던 부분도 다시 보이고,
또 다르게 해석되기도 하구요.

아직 우리가 그 영화를 다 못 본 걸 수도 있잖아요.
그리고 새로운 영화가 항상 재미있던가요?
초반부터 재미없는 영화나 중반부터 이상해지는 영화처럼
돈이랑 시간만 버리는 경우도 많아요.

사랑도 마찬가지 아닐까요?

인연

스쳐 가는 인연을 위해
머무는 인연일지도 모르는 사람을
잃지 않기를….

보통의 사람들은

보통의 남자들은 헤어지면
그 사람과의 좋은 기억을 기억하고,

보통의 여자들은 헤어지면
그 사람과의 나쁜 기억을 기억한다.

그래서 기억은 사랑보다 더 슬프다.

내 연애가 제일 힘들어

누군가를 위해 조언과 상담을 잘해주지만,
정작 본인의 상황을 잘 인지를 못 한다.

그건 바로 인생에서 절대 실제로 볼 수 없는 사람이
딱 한 명 '나' 자신이기 때문이다.

Live

여자는 현재에 살고,
남자는 추억에 산다.

회상

꿈의 페달을 밟아
추억의 길을 걷다 보니
너라는 꽃을 보며
참 예뻤구나 싶다.

영화 속 명대사

"해치웠나?"라고 말하면 다시 살아나는 것처럼

우리의 연애도
"끝났나?"라고 말해서 다시 살아나게 하고 싶더라.

안 되는 건 안 되더라

처음 '사랑' 했던 사람과는 절대로 이루어질 수 없다.
처음에 어려서, 서툴러서 때론 너무 진심을 다해 부담스러워서.

절대 틀린 말이 아니다. 그게 맞을지도 모른다.
시간이 지나면, 내가 생각했던 그 사람이
내가 기억하던 그 모습이 아닐 때 더욱 실망하곤 한다.

나이를 먹어 너무나도 바뀌어 버린 우리가 지금 만난다고 해서
행복할 수 없다.

그렇다.

지금은 내가 생각한
그 **순수한 사랑이란 '원석이 다른 의미'**가 되었다.
노력하여 사귀게 되더라도
결국, 변해버린 우리는
서로를 향한 감정이 다르기에 오래가지 못한다.

그래서 첫사랑은 이루어지지 않는다.

어색함

바빴던 날들이 갑자기 여유가 생기고
휴일에는 집에서 휴식하게 되었고
지출은 전보다 적어지게 되었고
매일 울리던 핸드폰은 고장 난 듯이 조용해졌다.
원래의 나를 너로 인해 잊고 있었다.

이별 N일 차, 나는 아직 네가 없는 게 어색하다.

남자의 첫사랑

남자가 첫사랑을 잊지 못하는 이유는
같은 실수를 반복하지 않기 위해서.

비

비가 오더라.
그 비에는 누군가의 슬픔이 깃들어 있다.

비가 오더라.
그 비에는 누군가의 한숨이 숨죽여 있다.

비가 오더라.
그 비에는 누군가의 아픔이 숨어 있다.

비가 오더라.
그 비에는 누군가의 상처가 스며들어 있다.

비가 멈추더라.
그리고 그 비는 아무도 모르게 없어졌더라.
결국 '나'만 알더라.

꿈을 꾸었다(1)

기분 좋은 꿈
보고 싶었던 이들이 모두 한자리에 모이는 꿈
그 아이도 나왔다.
얼굴을 보진 못했지만 긴 머리를 쓸어 귀 뒤로 넘기는 모습
꿈속이지만 여전히 예뻤다.
깨지 않았으면 했는데
꿈은 깨져버렸다.

너의 대한 감정

좋았다.
분명 우린 서로 취향도 입맛도 똑같고 좋았다.
그리고… 행복했다.
추억이 생각나는 걸 보니 그때의 내가 너무도 그립다.
내가 가장 좋아했던 계절에
즐겨 듣던 노래가 나오고
가장 좋아하던 음식을
너의 앞접시에 먼저 먹으라며 덜어주며
서로 행복해하던 그 분위기가 떠오른다.

힘들다.

그리고 너무 아프다.

이젠 같이 그 모든 걸 할 수 없다는 것이 너무 괴롭다.

그 노래가 길에서 나올 때마다 나는 힘들 것이고

매년 마다 그 계절이 올 때면 나는 상처가 벌어질 것이며

내가 가장 좋아하던 그 음식을 이젠 못 먹을 것 같다.

냄새라도 맡으면

그때의 너를 사무치게 보고 싶어 할 것 같아서.

너는 잘 지내는데 왜 나는 잘 지내지 못하는 걸까?

다시 시작하기엔 너무 늦은 걸까?

미안하다.

조금 더 그리워하다 잊어 볼게.

빗방울

비가 오던 어느 날
창밖을 바라볼 때면
생각이 깊어진다.

떨어지는 빗방울 소리에 마음을 담아본다.

한 방울에 이름이 생각나고

두 방울에 얼굴이 보고 싶고

세 방울에 너를 잊으려 하고

네 방울에 떠올리지 않으려 다짐하고

다섯 방울에 그 다짐이 무너지더라.

광대

"웃겨줘서 고마워."
내가 가장 싫어하는 말.
나는 웃길 생각이 없었는데
그 말을 들은 순간 나는
마치 광대가 되어버린 것 같다.

어때?

우리가 그렇게 되고 난 뒤
다달이 적금과 펀드 등 재테크를 하고 있어.
그때는 내가 너무 돈이 없어 힘들었잖아
이젠 변하려구.

우리가 그렇게 되고 난 뒤
매일 반 갑을 태우던 담배도 끊었어.
네가 싫어하는 걸 이젠 안 하려구.

우리가 그렇게 되고 난 뒤
퇴근 후 매일 운동을 하고 있어.
하루 중 유일하게 힘들어서 그런가
네 생각이 안 나더라고.

우리가 그렇게 되고 난 뒤
자주 마시던 술도 이제 잘 안 마셔.
취기가 다시 널 붙잡을까 봐.
난 이제 조금씩 괜찮아졌는데
목소리라도 듣게 된다면
눈물이 흐를 것 같아.

너는 잘 지냈어? 나는 못 지낸 것 같아….

순간

순간은 기억이 되어 남는다.
너의 순간이 기억에 남아
상처가 되었다.
그 상처는 시간이 지나 흉터가 되었고,
흉터를 볼 때면 그때의 감정이 생각난다.

흉터는 상처보다 더 아프다.

매력

매력은 정말 여자에게도 남자에게도 무섭다.
마치 귀신에 홀린 것처럼 자꾸 생각이 난다.
모질게 해도 생각이 나고 뭘 해도 생각이 난다.
분명 내 의지인데 내 의지가 아닌 것 같다.
하나 분명한 건 널 생각하면 행복해진다.
시간이 많이 지난 지금도 난 빠져있나 보다.

나의 이야기

전역 후 뭘 해야 할지 몰라 마냥 놀 순 없기에 아르바이트라도 뛰었다.
그러다가 만난 어떤 한 아이.
이야기를 많이 나눠보니 정말 귀엽고 잘 맞는 아이였다.
하지만 그 아이와 나의 상황은 많이 달랐다.

간단한 의식주조차 어렵게 해결하던 나와 그녀는 달랐다.
나는 아끼고 아껴서 월세 12만 원인 친구네 문간방, 핸드폰은 7년 전 핸드폰, 밥은 굶거나 편의점에 2+1하는 800원짜리 라면을 하루 한 개씩 먹거나 운이 좋으면 아르바이트를 가는 날에 끼니를 그곳에서 해결했다.

우리의 만남은 가난했다.

아니, 나만 가난했다.

나는 아르바이트생, 그 아이는 어엿한 직장인.

그래서 그 아이는 알지 모르지만 위축이 많이 되었다.

그러나 티를 내지 않으려 오히려 당당히 행동했다.

내 상황에 무슨 연애를 할까 했는데 너무도 그 아이가 좋아서

실망시키지 않으려 분수에 맞지 않는 행동을 했었다.

그럼에도 불구하고 그 아이의 상황이 좋지 않아 끝을 맺었다.

혹여나 나의 상황이 가난해서 싫었을까 봐 이렇게 빨리 그때보다 멀리 달려왔다. 시간이 지나 나는 상황이 많이 좋아졌다.

그녀의 상황도 많이 달라졌다.
남자 친구가 생겼더라.

고통스러웠다.
하지만 지금 당장 할 수 있는 게 없기 때문에
좀 더 성공하려 한다.
돈을 많이 벌면 그 아이가 나에게
다시 돌아오지 않을까 하는 마음이 있다.
만에 하나 다시 돌아온다면 나는 그 앨 미워하지 않겠다.
내 배경을 본다 한들 그 아이가 속물이라 해도 좋다.
나의 한 부분이라도 좋아하기 때문에….

그러니 꼭 나는 좀 더 높게 성공하고 싶다.
문득 생각나는 오늘

이렇게 완벽한 오늘도
넌 이렇게 예쁘구나.

시간이 많이 지났어도
네가 생각나는 걸 보니
참… 지독하게 좋아했나 보다.

꿈을 꾸었다(2)

나는 도망치고 있었다.
너는 나를 쫓으며 달리고 있었다.
너는 나를 궁금해했다.
나는 나 따위가 너를 좋아해서
네가 실망할까 봐 얼굴을 가린 채
말을 하지 않으며 나를 숨겼다.

너는 나를 궁금해했다.
너의 누구냐는 물음에 묵언을 하였고,
본인을 어떻게 생각하냐는 물음에
말없이 두 팔을 벌려 하트를 만들었다.
그러곤 얼마나 시간이 흘렀을까.
나는 힘이 들어 멈춰섰고
너는 멈춰선 나를 포근하게 안아줬다.

꿈인 걸 느꼈다.
네가 나를 안을 리 없으니까.
그래도 깨고 싶지 않았다.

꿈속에서의 너는 아직도 배려를 잘하더라.
어색해하는 나를 위해 너는 다른 이야기를 꺼냈고
그렇게 이야기 한두 마디를 하는 순간마저도
꿈이지만 너무 좋았다.

하지만 이젠 가야 할 걸 알기에
"잘 가."라는 나의 말에 그대로 꿈에서 깨어났다.

세로

잘 해줄 걸 그랬나 봐.
지금도 후회하고 있어.
내가 빨리 알고 정신 차렸다면
니가 날 떠나지 않았을 텐데.

숨

태양을 보면 너의 뜨거웠던 열정이 느껴졌고
나무를 보면 너의 시원했던 성격이 생각나고
달을 보면 너의 얼굴이 떠오른다.
근데,
문득 공기가 느껴진 건
평소 당연했던 게 이젠 당연하지 않다는 것이겠지.
그래서 숨을 쉬면
네가 없다는 게 한숨으로 나오는 건가 보다.

립밤

입술이 트는 계절이 왔다.
수분이 부족하면 입술이 트는 것처럼
나에겐 네가 부족해서 마음이 텄다.
입술이 트면 찢어지고 피가 나온다.
나는 입술이 아닌 마음에 피가 나왔다.
입술은 립밤이라도 바를 수 있지.
마음엔 뭘 바를 수가 없다.

이별의 3단계

우리의 이별은 자꾸 나를 힘들게 한다.
헤어지자는 말을 들어
우리의 관계에 사형선고가 내려졌을 때,

우연찮게 들었는데
너의 이성 친구가 생겨버렸을 때,

시간이 지나 생각 정리 후
나는 너에게 아무 존재도 아닌 걸 느껴 버렸을 때,
자꾸 힘들다.

내일은 괜찮겠지?

그 사람과 다시 만나고 싶어요

정말 같이했던 모든 게 다 좋았어요.
얼마나 그 사람이 좋았냐면
이미 두 번이나 봤던 영화를
그 사람은 못 봤다고 해서 저도 못 봤다고 말하고 같이 영화를
보았구,

언제는 그 사람이 너무 바쁜데 얼굴이 너무 보고 싶더라구요.
그래서 잠깐이나마 보려구
그 사람이 좋아하는 마카롱을 사 들고 일하는 곳으로 가서
주고 왔어요.

또 직장에서 저를 위한 회식을 할 때였는데,
그 사람이 제가 보고 싶다고 해서
회식마저 빼고 달려갔어요.

또 또 그 사람이 친구랑 다퉈 울고 있을 때
택시 타고 가서 그 사람을 보니,
마음이 너무 아파 같이 눈물 흘리며
말없이 등을 토닥이며 안아줬어요.
정말 좋았어요.

하지만,

나에겐 그런 소중한 추억일지라도
상대방은 이제 다시는 떠올리기 싫은 기억이 되어버린 게
마음이 너무 아프네요.

색깔

나는 너에게 물들어
나의 것은 온전히
너의 것이 되어버렸다.

그 물든 색깔은 시간이 지나
이젠 지울 수 없는
얼룩이 되어버렸다.

궁금해

스쳤던 인연이 너무도 궁금하다.
내 생각은 나는지, 그렇다면 왜 연락은 안 하는지
조금이라도 다시 잘해볼 의향은 있는지, 나 없이 괜찮은지
지금 만나는 사람과는 안 지치는지
상황 나아지면 연락할 마음은 있는지
날 좋게 생각하는지 아니면 나쁘게 생각하는지
나에게 했던 모진 말들
진심이었는지.

….

정말 뻔뻔하게 다시 연락하고 싶다.
"여보세요."라는 말이 끝나기 무섭게
그때 왜 나 버렸냐고
그때 왜 그렇게 나를 힘들게 했냐고
울부짖으며 따지고 싶다.

너 없는 하루가 모여서
이렇게 시간이 많이 지났는데,
아직도 너무 힘들다고
그리고 아직도 못 놓아 줬다고

지금 만나는 사람 버리고
다시 나를 선택하면 안 되냐고
나에게 기회를 달라고 말하고 싶다.

그때의 나를 좋아하던 마음은 가식이었는지
나를 향하던 그 미소는 연기였는지….

결국, 끝이 이렇게 내가 처참해질 줄 알았다면
처음부터 시작하지 말 걸 그랬다.

세상에 모든 감정을 느끼게 해준 너에게

안녕 잘 지내니? 우리가 끝을 낸 지 시간이 벌써 이렇게 흘렀어.
꼭 하고픈 말이 있었지만, 기회가 없어서 지금 이렇게 말을 해.
난 지금 돌아보니 네가 너무 고마웠다?
너라는 사람 덕분에 내가 이렇게 성장할 수 있어서
너무 고마웠어.
매사에 신중해져서 생각이 좀 더 어른이 되는 기분과
언제나 같은 일상이 반복되니
특별해지는 일상이 되어 고마웠어.
우리가 같이 있던 버스 정류장에 우리의 추억이 깃든 버스가
지나가니
추억도 스르륵 지나가면서 한편으로 감정이 북받쳐 오르더라.

근데 말이야 너랑 다시 만나고 싶지 않아.
그때의 웃던 내가 행복해서 좋았을 뿐이지
다시 만난다고 해서 행복해지기 너무 힘들 것 같아.
그러니 길에서 우연히라도 마주치지 않았으면 해 고마웠어.

딱 이 정도

너는 정말 나쁜 사람이었다.
그래서 네가 조금만 아팠으면 좋겠다.
싫어하진 않으니까….
그러니,

길 가다가 파우치를 떨어트렸으면 좋겠다.
두근두근 열어보니 펄이 깨지고,
아이 섀도도 깨지고, 립스틱도 뭉개지고,
비비크림 통이 깨져 다 덮었으면 좋겠다.

딱 그 정도의 고통만 느꼈으면 좋겠다.

나쁜 사람

이렇게 날 버릴 거였으면
왜 그렇게 정을 줬고
왜 이렇게 날 예뻐했고
그로 하여금
귀한 존재로 느끼게 했는지.

내가 당신에게 특별한 존재가 되었다고
착각하게 했는지.

너는 참으로도 나쁜 사람이었다.

복수

인과응보, 사필귀정, 권선징악
내가 참 좋아하는 말.

나를 아프게 한 사람은 내가 아무것도 하지 않아도
그대로 돌려받는다.

나를 상처 낸 너는
내가 아파한 시간보다 더 많이 아파해야 해.
그래 봤자 너는 내 생각이 안 할 테지만.

내가 흘린 눈물보다 한 방울만 더 흘렸으면 해.
그럼 너는 이유도 모른 채 탈수로 죽겠지.

망각

너는 날 잊지 않았으면 한다.
나를 잃어 네 세상의 빛이 되어줄 사람이 안 왔으면 한다.
사고를 당해 기억을 잃는대도
나를 아는 채로 아팠으면 한다.
그때 후회하기에는 너무도 멀리 왔을 테니.

사람은 흔적의 동물이다

사람은 흔적의 동물이다.
사람은 태어날 때 **무(無)**로 태어난다.
아무것도 없는 백지의 상태에서 부모님의 흔적이 기록이 되고,
은사님의 흔적, 벗의 흔적, 여러 사람의 흔적,
그리고 전 애인의 흔적이 남아 비로소 현재의 내가 남게 된다.

지금의 버릇과 습관은 누군가에게 묻은 흔적인데,
그 흔적은 강렬해서, 정신적으로 지우지 못해서 아직 남아있다.

사실 그 흔적은
그 사람을 잊고 싶지 않아서 남겨진 '**추억**'이겠지.

수표

너에 대한 나의 마음의 가치는 백지수표인데,
너는 나의 마음의 가치를 1,000원으로 생각했어.
시간이 지나고 나의 마음의 가치는 부도가 나서
그냥 종이 쪼가리가 되었지.
그렇게 떠났어.
너는 그제야 비싼 가치였는지 알게 되었나 싶어.
나도 부도가 나버리니까 다짐하게 되었어.

"내 마음의 가치를 몰라주는 사람은 만나지 말자."라고.

이유를 알았다

좋은 여자는 좋은 남자를 만나게 되고,
좋은 남자는 좋은 여자를 만나게 된다.
그래서 그런가?

사람도 아닌 것들이랑
빨리 헤어지게 된 게?

이런 사랑을 하고 싶다

나를 힘들지 않게 해주는 편안한 사랑
꾸미지 않고 무릎 튀어나온 츄리닝을 입어도
귀엽다며 안아주는 사랑
나의 에너지를 소비하지 않고 피곤하게 하지 않는 그런 사랑
말을 하지 않더라도 너의 모든 걸 아는 사랑
서로 눈치 보지 않고 궁금한 게 있으면 바로 물어보는 사랑
서로 다퉈 둘만의 암호로 푸는 사랑
가령 "곱창 먹으러 갈래?"
이런 솔직하고 귀여운 사랑을 하고 싶다.

인생

인생은 **눈을 감고 제자리걸음**을 하는 거예요.
한 치 앞을 못 보고 가기도 하고,
흘러가는 대로 앞을 가곤 있지만,
하고 싶은 걸 참아가며 걸어가는 거예요.

근데 말이죠? 눈을 뜨고 나면
분명 앞을 응시하고 갔는데 방향이 달라져 있고,
그 자리에서 제자리걸음을 했는데 앞으로 나아갔더라구요.

인생은 그런 것 같아요.
결국은 '내 인생'이라 내가 가고 싶은 대로 움직이는 것,
반듯하게 간 줄 알았는데 눈을 뜨고 나니 아닌 것.